고구마껍질에게 고함

고구마껍질에게 고함

진명희 제6시집

지은이 | 진명희
펴낸이 | 김명수
펴낸곳 | 도서출판 시아북(詩芽Book)
발행일 | 2021년 7월 20일

출판등록 | 2018년 3월 30일
주소 | 대전광역시 동구 선화로214번길 21(3F)
전화 | (042) 254-9966, 226-9966
팩스 | (042) 221-3545
E-mail | daegyo9966@hanmail.net

값 11,000원

ISBN 979-11-91108-08-8

고구마껍질에게 고함

진명희 제6시집

시아북
시아BOOK

꿈은 담백했지만
삶은 때때로 젖기도 했다

웃고 살아왔던 내 생애에
가끔 고였던 눈물들,
그 눈물마저도
담백하고 정갈하게
담아내고 싶어
애썼던 순간들이 있었다

나의 시詩 만큼은
슬픔마저도 담백하길 기도한다

제2부

돌아보기

제3부

마주보기

제4부

소리내기

평설

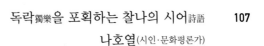

독락獨樂을 포획하는 찰나의 시어詩語　**107**

나호열(시인·문화평론가)

제1부

기억하기

사람들 1

터널을
지날 때마다

숨이 막힌다

짧은 어둠 속,
순간의 호흡

생존을 확인한다

사람들 2

날렵함만이
지혜로운 것은 아니다

원숭이처럼 뛰어다닌
하루의 시간

나는 없고
너만 보이는 세상

매일매일 세상을
다시 본다

사람들 3

하늘을 막을
지붕을 만들고도
사람들은 자꾸만 하늘을 본다

바람을 피할
벽을 두툼하게 쌓고도
바람을 쐬러 나다니는 사람들

집안에
갇혔다가
나오면 다시 하늘

사람들은
매일 집밖에서
하늘에 갇힌 줄도 모른다

사람들 4

하얀
속살에

스며드는
온기

오늘만
같아라

꽃에게

잘 찾아왔다
길 잃지 않고

메마른 고통
잘 참고 살아왔다

예쁜 꽃잎들
피면서 울었구나

꽃잎마다 가득한
아침이슬

詩, 사랑

빛나는
그대 눈빛,

나의 시詩
한 편

그 언저리에
맴도는 온기

꽃, 피고 지고

작은 소리에도
귀 기울여본다

손짓 하나에도
마음 앗기는

봄날의
애틋함이여,

꽃 피면서
울어대는 것은

꽃 지면서도
눈물인 것을

작은 이슬에도
온 가슴이 젖는다

알람

새벽빛이

마른기침처럼

곤한 잠을

흔들어 깨운다

갈매기

파도의
소리를 들었을까

물속에서 들려오는
소리를 엿들었을까

눈 큰
갈매기

마음이 바쁘다
재빨리 날개를 세운다

눈동자는
이미 물속

詩, 쓰다

1.
시를
쓰다가

울다
웃는다

나의 시는

울다
웃는다

그렇게 하루는
가다가 되돌아온다

2.
뜨겁고
싸늘한
글자들이
춤추기 시작한다

3.
석류알갱이들이
쏟아지는데
한 알도
건져 올릴 수 없다

내 얼굴이 석류가 된다

느낌

수줍게 떠오르는 아침 해를 오늘도 반긴다. 부드럽게
안겨드는 빛, 하루를 빚어본다. 지나간 시간이 자꾸만
삐져나온다. 그리운 얼굴들이 만든 틈, 곱게 기워내지
못하는 것은 생각을 비우지 못하는 것, 곧 맞이할 해넘
이를 정면으로 바라볼 수 없다. 내 영혼이 자꾸만 야위어
간다.

생각의 공간은
늘 허공이다
잡힐 듯 잡히지 않는
신기루이다

눈길

바람이 차다
눈이 온단다

하늘을 우러러보니
어둠 속

바람에 묻어오는
목소리

길
조심해라.

아,
어머니!

어머니와 모시적삼

고우면서도 성글성글한 것이
어머니를 닮았다

말씀은 없지만 서글서글한 다정함,
어머니는 여름이면 모시 적삼을 꺼내어 다림질을 하셨다

주름 세워 다림질한 모시 적삼은
한 집안의 종부였던 어머니의 생을 말해주듯

언제나 구김 없는 모습으로
세상의 바람들을 소리없이 안았다

웃음소리마저 숨죽였던 어머니의 기품처럼
하얗게 빛나는 모시의 자태

적삼 골골이 드나드는 바람결처럼
마음속에 살아있는 어머니의 모습.

편지

　내가 산길을 걸을 때면 그대는 산새가 되어 재잘대며 나의 발걸음을 새털보다 가볍게 했습니다. 내가 여문 들길을 걸을 때면 그대는 시원한 바람이 되어 송알송알 맺힌 나의 땀방울을 닦아주었습니다. 그대는 외로운 나의 산길에 내려 꽃잎을 모으고, 들판에 무르익은 알곡으로 만찬을 준비해주었습니다. 익어가는 기쁨을 맛보게 하고 눈부신 하늘빛으로 행복을 안겨주며 넘치는 사랑을 깨닫게 해 준 그대여, 이제 작별의 시간입니다. 그대여 안녕, 시월이여 안녕.

인사

가을날,
빛깔 고운 단풍잎을
책갈피에 꽂는다

뼈까지 드러난 앙상한 몸,
손대면 곧 부서질 것 같은
잎에게 안부를 묻는다

― 건강해.
― 행복해야 해.
― 또 만나자.

얼어붙은
저수지 달빛에
물결이 출렁인다

만남

은빛 물속에서
활활 타는 붉은
불길을 건져 올린다
얼굴뿐만 아니라
온몸을 달구어 낸다
산화되는 순간까지도
뜨거움은 사라지지 않는다
해가 지고,
차가운 달빛이 쏟아져도
불씨는 살아 꿈틀거린다

아, 애초부터
가슴은 뜨거웠구나
차마, 다가설 수 없는
불꽃이었구나

어느 날

바람은 비를 안고
속삭이며 걷는다
밤새 날아 온 차가운
눈물처럼 거기,
말없이 서 있는 은행나무
마주 선 자리조차 아득하여
자꾸만 뒤돌아보는데
알몸으로 파고드는
싸늘한 바람 한 줄기,

겨울이 오려나보다

고구마껍질에게 고함

뜨거운 고구마를
감싸고 있는 껍질을 보았어

참고 견뎌온
무수한 생채기들
부르짖을수록
굵어지는
몸부림의 침묵

감싸고 있는 껍질
그 깊은 무의미를 보았어

시월풍경

맑은 빛으로 가득 찬 호수의 물결은 바람에 몸을 맡긴
채 너울거리고, 먼 곳에서 날아 온 새들은 깃을 모으고
휴식 중이다. 고요와 침묵이 흐르는 호수, 구름이 자맥
질이다. 산이 물가로 내려와 앉는다. 호수엔 가을이 가득,
모두가 분주하다.

그곳, DMZ

푸른 하늘빛이
서럽다

날아오른 새들도 멈칫,
길을 묻는다

보이지 않는 깊은 슬픔이
늘 용광로처럼 타오르는 곳,

얽히고설킨 실타래처럼
아득한 절망을

하루에도 몇 번씩
희망으로 바꾸어 보는 곳

그곳,

말 없는 눈인사와
서성이는 발걸음

제2부

돌아보기

갈등葛藤 1

강물 속에서 햇살을 줍는다

언뜻언뜻 보이는 빛나는 손놀림
옷자락은 은빛으로 수놓은 비단

햇살이 쏟아 붓는 저 황홀한 입맞춤
강물도 햇살의 온몸을 휘감고 있다

나의 사람아,

빙글빙글 내 품에서 돌고 있는 이 세상
시간조차 이리저리

너와 함께 흐르고 있다

갈등葛藤 2

언덕을 넘으려면 숨이 차오르는 것
내려오는 길을 서두르지 말자

사랑하는 사람아,
산다는 것은

숨찬 언덕을 오르고
쉽게 내리는 길을 삭히며 가는 것

호흡을 길게
두 팔 펴고 세상을 열어보지만

하늘은
구름을 거느리며 높아만 간다.

기도 1

겨울 아침,
가을의 향기를 기억하며
시詩를 쓴다

가을은
뜨거운 여름의
한 자락

나의 시詩는
뒤돌아보는
기억 한 점

새해엔
시詩와 나란히
걷고 싶다

기도 2

매일매일 쓰는
몇 줄의 일기에

덧대고 싶은
한 줄

나의 시詩.
내 몸의 피돌기

작가를 찾아서

길이 보이는
길이다

친분 없어도
조금은 낯익은 얼굴

어설픈 나를
살며시 곁에 놓는다

길을
열고 싶은 순간

길은 이미
내 앞에 서 있다

나비의 꿈

자유로움이야,
그래, 날아가는 거야
끝은 없어도 될 것 같아
여린 빛깔 고운 꽃잎 있다면
살랑대는 실바람만 있다면

고운 선율을 따라
두 날개를 펴고
자유롭게 날아가는 거야

행복이야,
저 산 너머
말없이 걸린 무지개처럼
웃음이 돋아날 수 있다면
날개를 가질 수 있다면

꽃잎 떨어져도
바람에 쓰러지더라도
두 날개를 힘껏 펴보는 거야

햇살 닮은
꿈, 내 꿈

감기바이러스

바이러스가
찾아왔다
나는
무방비상태였고
속수무책이었다
모두가 휴식을 취하는
토요일 밤에
낯선 생명체는
밤사이 심한 통증으로
내 몸을 헤집어
복제품을 수없이 만들었다

나는 내가 아니었다

대물림

딸은 아버지를 닮아야 잘 산다는 어른들의 말을 굳게 믿었다. 잘 산다는 기준이 무엇인지는 모르겠지만 암튼 주문처럼 되뇌이며 기억했다. 하지만 내 기대가 어긋난 것 같다고 했더니 지인들이 앞다투어 한마디 한다. "병들지 않고 사고 없이 자식 낳고 살고 있으니 잘 사는 것이지." 어느 날 문득 거울 속에서 엄마를 본다. 얼굴이 동그랗고 어깨살이 두둑하며 허리가 두루뭉술했던 엄마, 돌아가신 엄마가 웃고 계신다. 몸에 살이 없던 내게 엄마는 "엄마 뱃살 좀 붙여 줄까?" 하고 농을 하셨다. 평소에 말이 많지 않던 엄마의 농은 식구들을 웃게 했다. 생각해보니 나는 얼굴모습뿐만 아니라 살이 못 찌는 것도 아버지를 닮았다. 엄마의 농이 이제는 농이 아니다. 엄마의 뱃살이 어느 사이에 나에게로 왔다. 엄마의 따스했던 살들이 내 얼굴에 등에 어깨에 사뿐히 내려앉았다. 이제는 엄마를 닮았다는 이야기를 듣는다. "엄마 뱃살 좀 붙여줄까?" 딸에게 내가 농을 던진다. 손사례치며 웃는 딸애의 웃음에 봄볕이 빛난다. 내 눈엔 진주 빛깔, 눈물이 맺힌다.

석양

붉게 떨어진
능소화 꽃잎

칠월의 햇살만큼
뜨거운 사랑

어느 사이
기운 햇님

눈시울
붉어진다

선유도 기행

물결 닮은
세월을 본다

새겨진 자국들
골골이 빛나고

산이 되고
바위가 되고

물이 되고
길이 되었다

물결은 저마다
소리를 내고

세월은 비로소
노래가 되었다

제집 찾아 나선
갈매기 한 쌍

통도사로 가는 길

통도사로
향하는 길은,

마음으로
통하는 길이다

동백 꽃잎 같은
뜨거운 길이다

파도

소리에도
맛이 있을까

귀를 열고
소리를 들어 봐

짭짤하고
알싸한 소리

넓은 세상
수많은 사람 사이

자꾸만 달려가는
저 물결 소리의 맛

선인장

날을
세운다

가시와
가시 사이

불꽃처럼
빨갛게

치솟는
사랑

꽃, 한 송이
피다

이별의식

이제는
말할 수 있는데
망연히 돌아서는 발걸음

습관처럼 망설임이
나를 밀어낸다

하늘을 나는
새는 말이 없다
들꽃들도 말을 잃었다

그대여, 이제는
한숨으로 토해내고

훌훌, 말 없는
웃음이었으면

햇살

산 위의
나무들

안개로
둘둘 몸을 말아

햇살에
말린다

물방울과 함께
툭!

풀잎 위에
부서진다

소나무

봄부터
가을까지
의연하더니
겨울 눈보라에
끝내 고개 숙인 채
눈물로, 뚝뚝
말들을 토해내더니
저만치 비껴가는
햇살 붙잡아
자꾸만
옷매무새를
고친다

자리에 대하여

자리가 있다는 것은
살아있다는 것이다

일하고 잠자고
앉아서 쉴 수 있는 자리

딱딱한 나무 의자도
푹신한 안락의자도

두 쪽 엉덩이
걸치면 그만인데

9시 뉴스는 오늘도 시끄럽다
걸맞은 자리가 없는 것일까!

세월

윤기 잃어가는
피부와
눈가에 새겨지는
주름

꽃들에게조차 가져보는 질투

삼월 지나고
오월도 지났는데
구월 지날 즈음이라고
귀띔해주는

친절한 무릎통증

점을 빼면서

1.
나이가 들면서
얼굴에 점들이 생긴다

살아오는 동안
마주한 사람들에게
수없이 보여 왔던 얼굴

얼마나 많은
감정과 부딪히며
생각들을 엮어 왔을까

2.
살타는
냄새를 맡으며
지나온 생각을 깨운다

얼굴에 자리했던
삶의 검은 사리들
하나하나 흔적을 지우기 시작한다

3.
점이란 글자에서
한 획을 빼면 짐이 된다
자리를 옮기면 잠이 된다

삶의 짐을 내려놓고
편안한 잠을 즐기고 싶다

짐과 잠 사이
해가 돋고 해가 지는
나의 길을 되돌아본다

약藥

온몸이
오그라들 듯
거짓을 필요로 할 때

아프다는 것
그리고
약을 먹는다는 것

서로의
모순 사이로
거짓이 아름다울 때

아파야
성장하도록
약을 먹는 일

온몸을
거짓으로 살아가는
하루치의 약藥

제3부

마주보기

나의 우주宇宙

　하루에 한 시간씩 동네 한 바퀴 걷기로 한다. 걷는 동안 아무 생각도 하지 않기로 한다. 바람이 불어도, 새가 날아도 간혹 자동차가 지나쳐도 앞만 보기로 한다. 발끝에 차이는 작은 돌멩이들의 부딪히는 소리조차도 듣지 않기로 한다. 내 안에서 요동치는 수십 갈래의 고뇌조차 그저 꾹꾹 밟기로 한다. 눈앞에 보이는 예쁜 꽃들의 유혹마저 외면하기로 한다. 마주치는 사람들에게 곁눈질조차 안 하기로 한다.

　이렇게 눈물 나게 애쓰지 않아도 시간이 지나면 간혹 지워지고, 때론 잊게 되고 더러는 사라지고 그러다가 끝내 멈추어질 것을 안다. 뼈저리게 잘 안다. 혼자서 영글어 가는 산속의 머루처럼 까맣게 익어갈 것도 안다. 이렇게 가여운 생각마저도 걸으면서 세우고, 다독이며 만들어 가는 나의 작은 우주인 것도 안다.

봄꽃 1

성급한
발걸음

겨울의 무게만큼
환호성인

붉은
열정의 행렬

봄꽃 2

사월
뜨락에

봉긋봉긋
꽃잎 터진다

나폴나폴
햇살 난다

가득가득
차오른다

봄꽃 3

왜바람*이 분다
세상이 거꾸로 보인다

미쳐서 피는
봄꽃

봄비 뿌리는
그날이 오면

또다시 미쳐
떨어지는 꽃

거리로
쏟아지는 달빛

흠뻑 젖는
찔레꽃 향기

* 왜바람: 방향 없이 이리저리 마구 부는 바람

산수유

앞선다는 것은

뒤돌아볼수록

힘겨운 외로움이다

밤새

뜬 눈으로 새운

얼굴이 창백하다

백일홍

기다림의 시간은
백일이면 된다

바람도
빗소리도 비껴가고

녹음 짙은
산등성이 사이

가녀린
황톳길

점점
멀어져간다

나의 여름

비雨에
젖은 꽃잎

아파야 하는
꽃잎처럼

지친
빗줄기

흔들리는
나의 여름

소낙비

바람이란 바람
다 불러 모아
흔들어 놓는다

미친 듯이 함께
아우성치는 하늘,
밝았다 어두웠다

세상은
몸을 제대로 가누지 못하는
묵묵한 대지

흔들리는 빗줄기는
세상의 어둠과 밝음을
잊었다

반짝,
홀연한 햇살이
밉도록 청정하다

탱자꽃

가시 숲에 갇혀 하얗게 핀
탱자꽃도 자랑일 수 있을까
푸른 이파리가 가시를 보듬은 채
얼마나 많은 밤낮을 보낼 수 있을까

강물은 흐르다가 끝내 바다 속에 묻혀버린다

사랑하는 사람아,
지금 이 마음은 길고도 한없는 행복
머무를 시간은 짧음과 슬픔으로 남아있는 것일까
영원으로 가는 길은 보이지 않는데

영원은 처음부터 우리에게 없었나 보다

늘 푸른 하늘이 그립다
늘 우는 새가 노래를 안다

너의 환한 미소가 지금도 발끝에 맴도는 지금

입추

바다를 닮은
하늘

구름은
파도처럼 밀리는데

파도 끝에
차이는

발길 묶인
햇살 한 줌

단풍이여

그리움처럼
밀려드는 소리
된바람인 듯
발자국마다 스며들어
번지는 한기寒氣
깊이조차 가늠 안 되는
서러운 사랑이여
저리도 곱디고운 빛깔로
하늘빛을 휘어잡고
품어내는 열기를
다독이기를 몇 번
숨죽이지 못하는
단풍이여!

구절초

잊었던 사람
거짓처럼 다가서고

시큰둥한
발걸음으로

처음처럼
말이 없어

향으로 번지는
눈길眼光의 끝

코스모스

이젠
흔들리지 않아요

세찬 바람에도
절대로 흔들리지 않아요

꿀벌의 감언이설에도
부드러운 가을바람의 속삭임에도

흔들리는
일,

결코
없을 거예요

십이월의 풍경

나뭇가지들이

마른 바람에

바스락 바스락

자꾸만

야위어간다

눈사람의 말

당신의 손길과 말 한마디로
나의 몸은 녹아버릴 수도 있습니다

땅속 깊이 스며들어
자운영 꽃으로 피었다, 또 지고

메마른 나무뿌리를 적시어
단풍잎으로 물들었다, 또 떨어지고

빈 들 어디쯤에서
오늘도 난 당신의 입김을 기다립니다

스스로 녹아들 준비는 되어 있습니다.

겨울, 뜰에 서다

추워서 다행이에요
이렇게 따스한 불빛아래
함께 서 있잖아요

찬바람이 불어 더욱 좋아요
텅 빈 들녘에
홀로 서 있지 않아도 되잖아요

숨결까지 들려요
하얗게 내뿜는 입김마저
감미로운 안개처럼 피어올라요

천사들의 미소로
가득 찬 한겨울의 깊은 뜰
동백꽃이 몽실몽실 피어나고 있어요

수줍은 빛깔, 빨강
간혹 뜨겁게 솟구치기도 하네요
모두가 타오르네요

그대여,
겨울 뜰에 서보세요

발바닥까지 타오르는
뜨거운 기운을 느낄 거예요
심장이 타는 소리도 들을 수 있어요

겨울 뜰에 서서 꿈을 꾸어요
오지 못할 사람까지도
기다려보세요

겨울 속으로

한참을 걷다가
고드름 끝에
햇살 떨어지듯
눈밭이라도
만나면
이것은 횡재이지요

추위 짙은 마을
외딴 불빛에
가슴 떨리면
뜨끈한 시래기국
한 사발은
커다란 호사이지요

다시 걷다가
운명처럼
멈출 곳을 만나면
거기,
겨울로 이어진
길을 만날 거예요

눈 오는 날

눈을 뜨고도 꿈을 꾼다
꿈같은 세상에서 나는
눈부신 이 나라의 백성이 되어
염치없이 찬란하게 빛나고 있다

겨울나무

속내를 다 드러낸
앙상한 가지가
네 몸의 전부인 줄 알았는데
웃자라고 있는 멍울이었네요

말하지 않아도
이미 들었으랴만
새로운 날의 메시지를 물고
날개가 찢기듯 날아오른 수많은 깃털

찬바람 속에서도
알몸으로 버틴
겨울나무처럼, 결코
쓰러지지 않고 있네요

폭설

아픔을
토해낸 듯

길은 문득
끊어지고

간간이
남은 자리

상처를
빚어놓은 듯

제4부

소리내기

징검다리

　나란히 누워있는 오남매의 다리 사이를 경중경중 넘어가는 막내의 서투른 걸음걸이에 웃음이 가득하다. 넘어지고 넘어지며 무릎이 깨지는 아픔 속에서도 터지는 웃음, 다리는 건너야 할 장애물처럼 버티고 있지만 부드러운 선線. 경계와 단절의 표시처럼 보이지만 자세히 살펴보면 오직 정情으로만 튼튼하게 엮었음을, 징검다리 사이사이로 흐르는 물줄기가 막힘이 없었음을 철든 후에 알았다. 쉬지 않고 세차게 흘러내리는 물줄기를 서로가 부드럽게 잡아주었음을 부모님 여의고서야 알았다.

진실 찾기

하늘이 까매요
세상이 어두워졌어요

길을 걷는 사람들
눈동자가 까매요

꼬리를 감춘 빛
찾을 수 없는 길

소나무가 소리를 내며 울어요
자꾸만 눈물이 흘러내려요

진실은 언제나 감추어지네요
세상은 언제쯤 밝아 오나요?

닭 우는 소리 가늘게 들려요
아침이 오려나 봐요

경계

어둠과 밝음의 경계,
차마 드러낼 수도
숨길 수도 없는

세상에
눈부신 것은 없다

눈이 부신다는 것은
햇살을 받아들이기에
두 눈이 너무 작다는 것

어둠과 밝음의 경계,
이 세상엔 없다

결심에 대하여

힘을 주고받는 끈이
부실하다

하루하루를
이어가고 다시 일 년

유일한 힘이 부실하다

그 사이로 나는 우뚝 서서
숨을 쉬고

나를 앞세워
낯선 시간을 또 쫓는다

고속전철

찰나 같은
어제와 오늘

숨 가쁜
가속이다

잘게 부서져 내리는
차창 밖 풍경

멈출 수 없는
속수무책이다

계절에 따라

바람은 그저
바람으로 불고
나뭇잎은
나뭇잎으로 흔들린다
바람이 부는 까닭도
나뭇잎이 흔들리는 것도
수면 위의 햇살에게는
아무런 의미가 없다
물속에서는 다만
흘러가는 물 한줄기뿐
그것을 시간은 알고 있다
끝없는 흐름 속에서
맑게 가라앉은 돌멩이 하나
그리고 떼지어 노니는 송사리
물속 세상의 나뭇잎들,
계절 따라 변하는
색깔을 볼 뿐이다

꿈

낙서마저 시詩가 되는
꿈을 꾼다

제발
눈 뜨지 마라

발버둥 치다가
돌부리에 걸려 넘어지지만

오뚝기처럼
곧 일어나는 몸

꼭 감은 두 눈 위에
별들이 쏟아진다

기억

꽃잎
진자리

푸른 잎 돋아나듯

네가
떠난 자리

살아나는 아픔

나뭇잎

말없이 서 있는
느티나무 가지 사이

쉴 새 없이 조잘거리는
생명체 하나

나의 자리는
늘, 하늘의 끝자락

곡예를 하듯
파르르 떨고 있는

커다란 느티나무
작은 이파리

그리움

기쁨은 넘치는
슬픔에서 온다, 슬픔은
터지는 기쁨에서 온다

기쁨과 슬픔이 늘 함께 하는
빛과 어둠 사이로

하늘은 땅을 바라보고
땅은 하늘을 우러러본다

너를 그리듯
또한 나를 그릴지니

그때마다
솔-솔 일어서는
늦가을 바람 한 줄기

시간

타박타박 걸어 온 어둠이
툇마루에 앉았다

감나무 어린 가지가
바르르 떨고 있다

어둠 속으로
길을 떠나는 시간,

낮달이 저만큼
지친 몸을 숨긴다

바다

파도는
소리치고
사람은 흐느낀다

바람은
부르짖고
아, 모래알은 신음한다

밀려드는
파도, 바다는
말없이 안을 수밖에

낚시

어둠 속에서도
형형색색 빛나는
현란한 춤사위

낚는다는 것은
나를 세우는 것,

누런 갈대숲 너머
번뜩이는 생명처럼
물속을 헤쳐 보는

저 허허로운
두 눈目

바다 풍경

밝을 때마다
무언無言의 고백처럼
터지는 모래알

파도는
노래처럼 이야기처럼
넘실대는데

바다엔
새해 인사처럼
햇살이 눈부시다

세밑

한 잎
낙엽 같은 무게로

떨어지는
시간, 찰나

비 오는 날

꽃잎 떨어진 자리
풋 열매하나

빗소리는
초록으로 흘러내리고

우산에 떨어지는
굵은 빗방울 하나

툭,

옹이가 된
고목의 상처 사이

바람 한 줌
기웃하듯 지나고

속살대는 빗줄기
여름을 재촉한다

낮잠

하품마저 잠들게 한다

눈감고 떠나보는 여정은
늘 감미로운 이탈
그 절절히 스며오는 전율

이리도
가슴 벅찬 일이 있었을까
환한 대낮에 맞는

나의 성스러운 밤

만선

석양에 발을 담그고
하늘을 본다

하루의 시간이
뜨겁게 피어나다 주춤, 멈춘다

셈하지 않아도
흘러가버린 시간들

뒤돌아보지 않고
날아가 버린 새의 무리

아무리 울어도
눈물 한 점 흐르지 않는

붉은빛,
발등에 꽂히는 석양

수평선 너머, 배 한 척
점점 사라져간다

굼벵이

숨을 쉬고 있음이
부끄럽다고 느낀 때가 있었다

눈을 뜨고 밝은 세상을 보고 있음이
과분하다고 생각할 때가 있었다

세상은 찬란한데 나만이
누추하게 여겨질 때가 있었다

하늘을 바라보는 소망의 빛이 번뜩일 때
땅속 어둠에서 눈물을 마신 때가 있었다

세상에 나오면 강물은 흐르고 흘러가고
울음으로 잃어버린 영혼을 찾아 나서고

잔인하게 뜨거운 햇살에 온몸을 태우고 나면
다시 땅속, 한 줌의 어둠이 된다

밤이 오는 길목

점점 소멸하는
시간

어둠 속에서
길을 잃던 바람이
골목에 가득하다

서러운
옷깃을 여민다

찬바람 지나듯
찰나였던 시간
발걸음이 빨라진다

바람 한 줄기
어느 왕국의
영혼을 부르는 것일까

정지된
시간

독락獨樂을 포획하는 찰나의 시어詩語

나호열(시인·문화평론가)

독락獨樂을 포획하는 찰나의 시어詩語

나호열(시인·문화평론가)

> 나의 시는
> 뒤돌아보는
> 기억 한 점
>
> - 「기도 1」

1.

진명희 시인은 시마詩魔가 들린 사람이다. 새로운 천 년이 시작되던 해, 그러니까 지금으로부터 이십 여 년 전에 등단한 이후 시집 『고구마껍질에게 고함』을 포함하여 여섯 권의 시집을 생산했다. 어찌 보면 이십 년의 시력詩歷에 여섯 권의 시집을 낸 시인에게 시마가 들렸다고 하면 과한 말이 아닐까 싶기도 하지만 희로애락이 끊임없이 교차하는 삶의 와류 속에서 자신을 돌아보는 성찰, 부조리가 횡행하는 세상에 대한 비판, 삼라만상의 아름다움을 표현하고자 하는 억제할 수 없는 충동을 오롯이 시로 육화肉化하는 작업을 멈추지 않았다는 점에서 시마가 들린 사람으로 시인 진명희를 호명하는 것은 자연스러운 일이 아닐 수 없다.

잠시 그의 시업詩業을 돌이켜 보면 첫 시집 『하얀 침묵이 되어』(2001)와 『강물은 머문 자리를 돌아보지 않는다』(2004)에 드러난 든든한 서정성抒情性은 이후 세 번째 시집 『달빛, 홀로 서다』(2010)에서는 '진실 또는 지혜의 발견'(이은봉)의 세계로 나아가고, 이러한 자아성찰은 네 번째 시집 『사람을 만나다』(2016)를 지나면서 '유목민적 사유와 공동체 의식'(김현정)의 심화로 확대되었으며, 충청도의 여러 문화유산을 즉물적 터치로 그린 기행시집 『여정』(2018)에 이르러서는 향토의 유물과 유적이 함축하고 있는 시간의 묵언을 신 내림을 받듯 받아 적은 시집으로 의미가 깊다고 할 수 있다.

이 다섯 권의 시집을 통과하는 시마詩魔의 실체는 시인의 의식을 둘러싸고 있는 '시간에 대한 사유', '시적 발화發話를 위한 언어의 쓰임'에 대한 탐구, 그리고 끊임없는 '타자他者와의 관계에 대한 물음'이라고 요약해서 이야기할 수 있겠다.

시인의 '시간에 대한 사유'는 변화 속에 놓인 존재를 사랑과 화해 · 결속의 관계맺음으로 귀결되는 필연적 존재로 바꾸는 힘으로 영속하는 것으로서 '어둠 속으로 / 길을 떠나는'(「시간」)순환의 여정이라고 할 수 있다.

'시적 발화를 위한 언어의 쓰임'은 '짧은 시에 관심을 갖고 호흡이 짧다는 둘레의 지적을 의식하지 않으면서 꾸준히 그 작업을 지속해 왔다'(「유목민적 사유와 공동채 의식」: 구재기)는 언급에서 볼 수 있듯이 시에 필요한 언어의 쓰임을 직관을 포착하는 도구로서 지시적 언어의 경계를 허무는 인식으로 사용하고 있다는 것으로 이해할 수 있다. 필자는 이런 직관의 언어를 '강렬한 폐쇄적인 언어', 또는 견과堅果의 언어로 파악한다. 이렇게 단단한 껍질 속에 숨어 있는 기의記意를 깨뜨리겠다는 타자와의 관계맺음이 서로 연기緣起되는 화엄세계를 찾아가는 시인의 행로였음을 깨닫게 되는 것이라고 생각한다. 필자는 이 다섯 권의 시집 중에서 특히 세 번째 시집『달빛, 홀로 서다』를 주목하는 바. 이 시집이야말로 진명희 시인이 추구하는 시관詩觀과 세계관이 잘 드러나 있을 뿐만 아니라 앞으로 전개될 시세계를 예감할 수 있는 출발점이라고 생각하기 때문이다.

2.

시집『고구마껍질에게 고함』은 윗글에서 파악한 시인의 창작론이나 세계관을 응축시킨 시집으로 읽힌다. 추측하건데 이순耳順에 다다른 시인이 시의 정의는 이러하다.

나의 시는

뒤돌아보는

기억 한 점

― 「기도 1」

이 단호한 정언명법定言命法으로 규정된 시의 정의는 무엇에도 얽매이지 않은, 독락獨樂의 즐거움을 찾아 떠나는 시인의 행적으로 읽어야 마땅한 것이다.

『고구마껍질에게 고함』에 수록된 팔십 편의 시들은 4부로 나뉘어 있는데, 차례차례 '기억하기'. '돌아보기', '마주보기', '소리내기'와 같은 소제목이 붙어 있다.

소제목 '~ 하기'는 어떤 행동의 실천을 요구하는 언명인데. '기억', '돌아보기', '마주 봄', 그리고 '소리 냄'은 각각 별개로 분지分枝되어 있는 개념이기도 하고, 시인이 겪은 여러 사건들로부터 파생된 상념들을 하나의 관념으로 묶는 연쇄의 단서이기도 하다. 말하자면 시인이 의도하든, 아니든 간에, 시인이 감춰놓았거나 탐색해야 할 어떤 대상이 하나의 관념이거나 시인이 추구하는 '독락'의 저장소라고 가정할 때 「편지」, 「이별의식」, 「탱자꽃」, 「눈사람의 말」, 「겨울, 뜰에 서다」.「그리움」, 등의 시에 등장하는 '그대' 또는 '당신'은 전혀 짐작할 수도 없고, 구체화되지 않은 존재라고 할 수 있다. 물론 '나의 사람아'(「갈등 1」), '사랑하는 사람아'(「갈등 2」)와 같은 친밀한 호명呼名으로 인하여 '웃음소리마저 숨죽였던 어머니의 기품' (「어머니와 모시적삼」)에 드러난, 어머니와 같이 현존하는 인물일지도 모른다는 추측도 가능하다. 그럼에도 분명한 사실은 시편에 드러난 '그대' 또는 '당신'은 이 세상에 부재不在하거나 현상으로 드러나지 않는 존재로서 시인을 '~하기'로

분기奮起시키는 상징된 존재로 시집 『고구마껍질에게 고함』에 자리 잡고 있음은 틀림이 없다.

어째든 '~ 하기'는 '그대' 또는 '당신'이라는 모호한 대상을 향해 펼치는 시인의 독락의 행위이다. 이런 즐거움은 기억하고, 돌아보고, 마주보고 그리고 침묵으로 부르지 못한 '그대' 또는 '당신'을 부르는, 모든 초혼招魂의 행위이다. 다시 말하면 슬픔과 아픔과 외로움을 통과하고, 여과되고 난 후의 '기쁨은 넘치는 / 슬픔에서 온다, 슬픔은 / 터지는 기쁨에서 온다'(「그리움」 1연)는 '소리내기'는 세상을 득음得音하는 시인이 추구하는 사유의 마지막 독락인 것이다.

3.

이제 『고구마껍질에게 고함』의 '~ 하기'의 실체를 찾아가기 전에 앞에서 짧게 언급한 시인의 언어관을 짚어볼 필요가 있다.

시인이 택한 언어는 간결한 소통의 열쇠가 아니라 오히려 폐쇄적인 자물쇠의 속성을 지니고 있다. 한 마디로 말해서 시인의 언어는 지시指示가 아니라 지시 너머에 꿈틀거리며 너울대는 그림자와 같은 '느낌'을 보여주는데 있다. 진명희의 시 작업은 모든 촉수를 순간 순간에 열어놓고 감응하는 열정에 다름 아니며 이는 생활과 시를 한 묶음으로 대하는 진지함의 총화일 것이다.

위의 글은 필자가 시집 『달빛, 홀로 서다』를 '시간을 각인하는 몸의 언어'로 명명한 글의 일부분이다. 오늘날의 우리 시단의 시류時流나 시류詩類는, 시가 마땅히 지녀야 할 생략과 압축을 통한 운율의 조화를 경시하는 쪽으로 치우쳐 있다. 많은 시인들이 post - 탈脫, 넘어서는, ~후에 - 의 접두어가 붙은 현란한 수사에 이끌려 갈 때에도 진명희 시인은 자신의 어법을 바꾸지 않는 올곧음을 보여주었다.

분명히 진명희 시인은 긴 호흡으로 시를 쓰는 유형이 아니다. 그의 대부분의 시들은 짧고 수식어를 배제한 단 호흡을 지향하고 있다. 시인은 자아의 성찰로부터 출발하여 자연을 둘러싼 생명生命의 존귀함과 4차 산업혁명으로 야기된 인간의 소외에 이르기까지 한껏 시의 공간을 넓혀오면서도 그의 필법筆法은 여전히 견과堅果의 언어, 느낌의 언어를 지향하고 있다. 그렇다면 진명희 시인이 추구하는 짧은 시는 어떤 사유에서 비롯된 것일까?

잠시 사진 이야기로 시선을 돌려보자. 오늘날과 같이 컴퓨터를 기반으로 하는 디지털 기술은 CG(computer graphics)를 기반으로 하여 자유자재로 원본을 조작하고 합성하여 새로운 장면으로 변화시키는 작업으로 변화하고 있다. 그러나 사진의 초기 작업은 사진 한 컷에 작가가 추구하는 메시지를 담는 것 이었다. 우리가 익히 알고 있는 유명한

흑백사진 「결정적 순간」의 작가 앙리 카르티에 브레송(Henri Cartier Bresson)은 '숨어 있는 의미를 포착하는 것'으로 사진을 정의했다. 그는 '찰나'를 대상 자체의 본질이 가장 잘 드러나는 순간으로 인식함으로서 선禪의 경지에까지 사진의 의미를 고양시켰다. 이를 쉽게 풀어서 말한다면 사진작가 구본창의 다음과 같은 이야기를 상기해 볼 필요가 있다.

　우리가 스쳐 보내는 수많은 사물들, 풍경, 인물, 장소를 작가는 자신만의 독특한 눈으로 재해석 할 수 있어야 한다. 즉 대상물이 지니는 히스토리를 작가의 눈으로 읽어내는 것, 숨겨져 있는 히스토리를 발견하는 것이 바로 사진예술이다.

　그렇다! 진명희 시인은 바로 사진예술이 수행하는 작업, 현상과 관념이 일치하는 찰나를 포착하는 직관의 언어, 어떠한 외부의 개입을 허용하지 않는, 찰나의 신 내림을 받아 적는 시승詩僧이 되기로 한 것이다. 가능하면 빨리, 그리고 불립문자不立文字의 직전까지 자신의 감각을 휘발시키려 하는 것!.

4

　시집 『고구마껍질에게 고함』을 구성하고 있는 '기억하기', '돌아보기', '마주보기', '소리내기'로 나뉜 80편의 시는 시인의 소요逍遙 - 꽃과 계절의 감상 - 의 일상을 소재로 삼은 3부 '마주보기'를 중심으로 원융圓融의 관계를 이루고 있다. 즉, 기억하지 않으면 돌아볼 수 없으며, 돌아보아야만 마주할 수 있고 마주하는 소통이 있어야 소리 내어 서로를 호명할 수 있다는 인새의 시월에 다다른 시인의 깨달음으로 받아들이면 족하지 않을까?

'익어가는 기쁨을 맛보게 하고 눈부신 하늘빛으로 행복을 안겨주며 넘치는 사랑을 깨닫게 해 준 그대'(「편지」)는 시인에게 자신을 돌아보게 하는 힘을 돋게 만든다. '어느덧 삼월 지나고 / 오월도 지났는데 / 구월 지날 즈음이라고 / 귀띔해주는 // 친절한 무릎통증'(「세월」)을 서운하게 받아들이고 난 후, 시간은 이런 휴지休止의 선물을 건네어 준다.

점이란 글자에서
한 획을 빼면 짐이 된다
자리를 옮기면 잠이 된다
삶의 짐을 내려놓고
편안한 잠을 즐기고 싶다

짐과 잠 사이
해가 돋고 해가 지는
나의 길을 되돌아 본다
— 「점을 빼면서」 3

말놀이의 즐거움을 주는 재미있는 이 일화逸話를 단순히 세월에 다다른 체념의 술회로만 이해할 수 없다. '언덕을 넘으려면 숨이 차오르는 것/ 내려오는 길을 서두르지 말자...중략... 숨찬 언덕을 오르고 / 쉽게 내리는 길을 삭히며 가는 것'(「갈등葛藤」 2)이라는 토로나 '자리가 있다는 것은 / 살아있다' (「자리에 대하여」)는 달관의 포즈는 치열한 내성內省의 분투 끝에 얻어진 산물이기 때문이다. 내성內省, 즉 자아를 투명하게, 엄밀하게 들여다보고, 스스로를 책망하는 자책自責을 넘어서서 '마주보기'의 새로운 국면으로 자신을 인도하는 것이다. 시 「굼벵이」를 읽어 보자.

> 숨을 쉬고 있음이
> 부끄럽다고 느낀 때가 있었다
>
> 눈을 뜨고 밝은 세상을 보고 있음이
> 과분하다고 생각할 때가 있었다
>
> 세상은 찬란한데 나만이
> 누추하게 여겨질 때가 있었다
>
> 하늘을 바라보는 소망의 빛이 번뜩일 때
> 땅속 어둠에서 눈물을 마신 때가 있었다
>
> 세상에 나오면 강물은 흐르고 흘러가고
> 울음으로 잃어버린 영혼을 찾아 나서고
>
> 잔인하게 뜨거운 햇살에 온몸을 태우고 나면
> 다시 땅속, 한 줌의 어둠이 된다
> ─「굼벵이」 전문

굼벵이는 애벌레, 매미나 딱정벌레와 같은 곤충의 유충이다. 길게는 몇 년을 땅 속에서 탈바꿈의 시간을 기다리는 무기력한 존재이다. 만일, 그 인내의 시간을 견디지 못하고 땅 위로 올라오게 되면 곧 죽음을 맞이할 수밖에 없다. 성숙의 시간을 인내하지 못하고 자신을 원망하며 헛꿈을 꾸는 그 순간 '다시 땅속, 한 줌의 어둠이 되'는 어리석음을 알게 되는 생生을 어찌하면 좋을까?

> 뜨거운 고구마를
> 감싸고 있는 껍질을 보았어
>
> 참고 견뎌온
> 무수한 생채기들
> 부르짖을수록
> 굵어지는
> 몸부림의 침묵
>
> 감싸고 있는 껍질
> 그 깊은 무의미를 보았어
> ─「고구마껍질에게 고함」 전문

한 때 가난한 식탁에 올라 주린 배를 채워주던 구황식물 고구마는 이제는 심심한 군것질의 대용으로 사랑받는다. 솥 속에서 열기를 견딘 고구마가 익으면 우리는 무심히 껍질을 벗긴다. 시인은 껍질에 문신처럼 새겨진 생채기를 유심히 바라본다. 무기력하게, 무의미하게 버려지는 껍질을 바라보며 문득. 안쓰러운 우리의 삶을 반추한다. 쓸모가 다하여 버려지는 물건과 사람들, 일상 속에서 아무렇지 않게 펼쳐지는 체면과 위선의 껍질들, 어찌 보면 세상을 살아가며 부딪치는 아픔과 상처는 저 고구마껍질처럼 아낌없이 버려져야 하는 것인지도 모르겠다. 시인은 생각한다. 버림, 또는 버려짐은 슬픈 것이 아니라 엄숙한 것이다.

이 엄숙함을 체득한 자만이 '삶의 짐을 내려놓고/ 편안한 잠을 즐길 수'있는 것이며, '자리가 있다는 것은 / 살아 있'는 감사의 마음을 느낄 수 있는 것이다. 이렇게 '버림' 과 '버려짐'은 그 주체가 무엇이든 간에 자아의 통렬한 자각이 수행될 때 허무와 좌절의 아픔을 견디는 힘이고 삶의 또 다른 희망이 되기도 한다.

그러므로 '세상에 눈부신 것은 없다'(「경계」) 는 시인의 언명은 이것과 저것을 나누는 분별심으로 세상의 가치를 가늠하는 어리석음으로부터의 해방을 요구하는 것이다.

5.

『고구마껍질에게 고함』은 시법詩法의 실험과 도전으로 가득 찬 시집이다. 즉물적 인상印象을 사진 촬영의 기법으로 단숨에 포착하려 하려는 시인의 언어는 고정된 의미망 – 언어의 그물 -을 벗어남으로써 세속적 가치판단을 무화

시킨다. 『고구마껍질에게 고함』의 시편들은 감성의 궁극에서 의식을 판단중지epochē 시킴으로서 타자他者에게 사유의 선택을 허락하는 미덕을 보여준다.

　시인이 그동안 일관되게 수행해 왔던 시법은 오로지 시인 자신에게로 던져지는 아픈 화살이기도 하다. 그러한 까닭에 '～하기'의 실체, 즉 '그대'나 '당신'은 시인이 지향하는 '꿈꾸는 나' 더 나아가서는 '물아일체의 나'에 다름 아니다. 시「나의 우주宇宙」와 「선인장」은 『고구마껍질에게 고함』의 백미白眉로서 진명희 시인의 새로운 앞날을 기대하게 하는 시편으로 손꼽을 수 있다. 시 「선인장」은 그동안 진명희 시인이 쌓아올린 '독락獨樂을 포획하는 찰나의 시어詩語'의 진수를 보여주고 있다. 가시로 표상되는 태어남의 고통이 이루어내는 불꽃은 죽음을 불사하는 한 송이 사랑이라는 절제의 미학으로 한껏 눈부시다.

　　　　날을
　　　　세운다

　　　　가시와
　　　　가시 사이

　　　　불꽃처럼
　　　　빨갛게

치솟는
사랑

꽃, 한 송이
피다

ㅡ「선인장」전문

　그런가 하면 「나의 우주宇宙」는 지금껏 보지 진명희 시
편에 등장하지 않았던 진술에 다름없는 독백을 보여준다.
인생의 끝을 향해 가는 우리 모두의 슬픔을 이겨내고자
하는 것이 아니라 그 슬픔을 있는 그대로 관조하려고 하
는 새로운 길을 보여준다. 목적지가 없는, 걷는 행위의 목
표가 없는 동네 한 바퀴야말로 우리가 그토록 갖고 싶어
하고 다다르고 싶어 했던 낙원이 아니었던가!

　하루에 한 시간씩 동네 한 바퀴 걷기로 한다.
걷는 동안 아무 생각도 하지 않기로 한다. 바람
이 불어도, 새가 날아도 간혹 자동차가 지나쳐도
앞만 보기로 한다. 발끝에 차이는 작은 돌멩이들
의 부딪히는 소리조차도 듣지 않기로 한다. 내
안에서 요동치는 수십 갈래의 고뇌조차 그저 꾹
꾹 밟기로 한다. 눈앞에 보이는 예쁜 꽃들의 유
혹마저 외면하기로 한다. 마주치는 사람들에게
곁눈질조차 안 하기로 한다.

이렇게 눈물 나게 애쓰지 않아도 시간이 지나
면 간혹 지워지고, 때론 잊게 되고 더러는 사라
지고 그러다가 끝내 멈추어질 것을 안다. 뼈저리
게 잘 안다. 혼자서 영글어 가는 산속의 머루처
럼 까맣게 익어갈 것도 안다. 이렇게 가여운 생
각마저도 걸으면서 세우고, 다독이며 만들어가
는 나의 작은 우주인 것도 안다.

— 「나의 우주宇宙」 전문

시 「나의 우주宇宙」는 삶의 희로애락을 이겨내려고 하는
달관達觀의 경지에 다다름을 이야기하는 것이 아니다. 소
외의 슬픔, 늙어감의 슬픔, 상실과 이별의 슬픔을 걷는 행
위를 통해서 몸으로 받아들임으로써 그 슬픔과 하나가 되
려고 하는 것일 뿐이다. 이 시는 진명희 시인이 맞이해야
할 새로운 세계를 향해가는 첫 걸음일 것이기에, 우리는
마땅히 시인의 다음 행보를 기쁘게 기다려야 할 것이다.